BIBLIOTECA MARCHA CRIANÇA

TERESA NORONHA

DIGA XIS

ILUSTRAÇÕES
MARIÂNGELA HADDAD

editora scipione

Paulinho estava chateado. Todo mundo ia viajar nos feriados, menos ele.

Além disso, ia ser obrigado a aguentar sua mãe metralhando em seus ouvidos uma rajada de *nãos*:

NÃO JOGUE BOLA NA RUA!
NÃO PONHA OS PÉS NO SOFÁ!
NÃO COMA BOLACHA NA SALA!
NÃO TOME SORVETE ANTES DO ALMOÇO!
NÃO PONHA O SOM MUITO ALTO!...

Ainda bem que o avô, que morava numa cidade próxima, apareceu para uma visitinha naquela tarde quente e chata. Chata para Paulinho.

Poucos adultos entendem as crianças. Até já disseram que deviam nascer com Manual de Instruções para se aprender a lidar com elas.

O avô, sim, era muito compreensivo.

Compreensivo era uma palavra de que Paulinho gostava. Para ele, significava uma pessoa que dá presentinhos, leva pra passear, compra sorvete e chocolate e faz tudo o que uma criança quer e gosta. E, é claro, não dá bronca, coisa que criança não gosta.

O avô, quando viu a cara amarrada de Paulinho, compreendeu o que se passava.

— Vou lhe ensinar um truque que faz tudo dar certo — disse velho.

— Tudo mesmo, vô? — perguntou o garoto, duvidando.

— Quase tudo, o que é melhor que nada.

— E o que a gente precisa fazer?

— É simples. Basta dizer *xis*.

— Só isso? Então essa palavra é mágica? A gente fala e pronto: tudo se resolve?

— Experimente. Não custa tentar. Quando você estiver aborrecido ou quando achar que os outros precisam de ajuda, dia *xis*.

Xis?

XIS!

No dia seguinte, Paulinho continuava chateado por não ter viajado. Então, lembrou-se das palavras do avô e desceu para o café dizendo *xis* para si mesmo.

A mãe foi logo dando um beijo nele:

— Que maravilha! Hoje você não está com cara de quem tomou sopa de marimbondo. Por que não convida um amigo e vai ao cinema?

Ele achou a ideia boa e convidou o Tiago, que também não tinha ido viajar.

Quando estava saindo de casa para se encontrar com o amigo, deu de cara com dona Orlanda, que voltava da feira. Essa vizinha vivia se queixando dele. Paulinho começou a dizer *xis, xis, xis, xis,* bem baixinho.

— Bom dia, Paulo! Quer uma maçã? — dona Orlanda ofereceu, para surpresa do menino.

A mágica estava funcionando!

O garoto continuou andando, comendo a maçã. Entre uma mordida e outra, continuava a dizer *xis*.

— Oi! — disse seu João da banca de jornais. — Chegou revistinha nova. Quer levar?!...

— Estou sem dinheiro.

— Não faz mal. Depois você paga!

"Oba! Dizer *xis* funciona mesmo!", pensou Paulinho. E resolveu levar a revista.

Juliana, a garota mais bonita da escola e, para Paulinho, a mais bonita do mundo, estava no portão de sua casa, conversando com uma amiga. Normalmente, ele nem notava o menino. Mesmo assim, Paulinho arriscou um olhar apaixonado, igual ao de um artista de novela, sem parar de dizer *xis* silenciosamente.

Juliana sorriu e disse alto, para quem quisesse ouvir:

— O defeito dos feriados é que a gente fica com saudades dos colegas...

O coração de Paulinho deu três pinotes e quase parou. O menino quase parou também, mas estava atrasado para o encontro com Tiago.

O filme foi maravilhoso. Tudo foi maravilhoso naquele dia, no dia seguinte, durante todo o feriado. Paulinho ajudava dizendo *xis* a maior parte do tempo.

Na segunda-feira, as aulas recomeçaram. As crianças voltaram com a corda toda: estavam agitadas, falavam das viagens, contavam vantagens. Armaram a maior confusão na classe. Nem mesmo a professora conseguiu acalmá-las.

O diretor apareceu e deu a maior bronca na turma.

Paulinho imaginou que a palavrinha mágica poderia inverter aquela situação e começou a dizer *xis* sem parar.

O diretor olhou para ele e, em vez de agradecer, ficou mais bravo ainda. O ingrato mandou Paulinho sair da sala e ir para a diretoria.

A conversa deles não foi nada agradável, por mais que Paulinho se esforçasse em dizer xis o tempo todo.

"Será que a mágica não funciona mais?!", Paulinho pensou, preocupado.

No outro dia, a professora continuava muito brava. Deu uma lição comprida para a aula seguinte.

O primeiro a ser chamado para apresentar a lição foi o Dinho, que não tinha estudado nada. Ele achou as perguntas muito difíceis e as respostas mais difíceis ainda. Acabou não respondendo nada...

Paulinho virou-se para o colega e, com a intenção de animá-lo, disse *xis* para ele. A professora achou que ele estava soprando as respostas e lá foi o Paulinho outra vez conversar com o diretor.

"Esquisito! Ou o *xis* não funciona na escola ou perdeu mesmo o efeito!", Paulinho pensou, começando a se desiludir com a tal palavra mágica. Precisava urgentemente conversar com o avô.

Na volta para casa, encontrou a vizinha, dona Zidica. Ela puxou conversa, muito provavelmente querendo que o menino lhe fizesse companhia. Afinal, ela adorava conversar.

A mulher começou a contar as doenças que teve desde que nasceu. Paulinho sabia que a vizinha tinha mais de setenta anos e ia fazer uma lista completa de operações e moléstias até os dias atuais.

O avô tinha dito: "Quando você estiver aborrecido, diga *xis*".

Escondendo um bocejo enorme, Paulinho começou a dizer *xis, xis, xis, xis*.

Dona Zidica ficou zangada:

— Que menino mais arteiro! Eu aqui contando minhas tristezas e você fica desse jeito!

Ela reclamou, reclamou... A mãe de Paulinho finalmente chegou e ele tratou logo de sumir dali.

E o avô não aparecia! Ele tinha que explicar por que agora a palavra mágica estava funcionando ao contrário e só dava confusão.

Como se tivesse adivinhado os problemas do neto, o avô apareceu em outra tarde quente. Chata e confusa para Paulinho.

Quando ficaram sozinhos, o garoto contou para o avô tudo o que havia se passado quando ele dizia *xis*.

O avô, em vez de resolver o caso, riu tanto que as lágrimas embaçaram seus óculos.

— Bonito, né, vô? Em vez de me ajudar, você dá risada!?...

O avô, enxugando as lágrimas e as lentes, disse:

— Não estou rindo de você, Paulinho, e já vou explicar direitinho o *xis do problema*.

— Não, vô! Quero saber é o *problema do xis*.

— Tudo bem... A culpa foi minha porque não esclareci as regras do jogo.

Levou Paulinho para a frente de um espelho e recomendou:

— Diga *xis*! Vamos, diga *xis*.

Inicialmente inibido, depois mais solto, o garoto foi dizendo xis e viu que o seu rosto se iluminava com um largo sorriso.

— Até que eu fico legal sorrindo, né, vô?

— Pois é... É bom a gente mostrar um rosto alegre. Mas há hora para tudo. E você estava sorrindo, sem perceber, na hora em que o diretor dava bronca. Sorria e parecia cochichar enquanto a professora fazia perguntas para o seu coleguinha. Também estava sorrindo ao ouvir as lamentações de dona Zidica... Por isso é que as pessoas ficaram zangadas com você.

— Entendi. Mas, então, quando eu devo dizer xis sem que as pessoas se zanguem comigo?

— Nas fotografias, por exemplo, para sair com um grande sorriso. Nos outros casos, você usa a cabeça para decidir se deve ou não sorrir. É um receita para desarmar os outros, pois quem não gosta de um sorriso! Mas tem que ser usada na hora certa.

— Não vou esquecer mais, vovô!

E, recordando o efeito da mágica no caso da Juliana, Paulinho deu um sorriso de orelha a orelha. E nem precisou dizer *xis*.

MARIÂNGELA